SV

Jürgen Becker
Foxtrott im Erfurter Stadion
Gedichte

Suhrkamp

Erste Auflage 1993

Satz: Hümmer, Waldbüttelbrunn
Druck: Nomos Verlagsgesellschaft, Baden-Baden
Printed in Germany

Foxtrott im Erfurter Stadion

Was man kann

Diesen Strich ziehe noch einmal, es sieht
ihn sonst keiner.

Mehr kann man nicht erwarten als
einige wenige Zeichen des Dabeigewesenseins.

Was tust du abends, wenn du dich
in ein alleinstehendes Haus zurückgezogen hast?

Eine Täuschung, die Verlängerung des Schweigens, denn
anfangen und aufhören kann man nicht.

Nochmals

Vorbereitungen für das, was sich hinzieht und hinzieht
bis zu einem Start, der ganz lautlos erfolgen wird.

Niemand merkt was. Es macht eben kein
Geräusch, wenn Spuren entstehn auf einem Feld
der unsichtbaren Entwürfe.

Zuviel schon verraten. Sofort und später
eine ewige Sucherei, und meistens wird etwas
entdeckt, das Falsche.

Falls Zweifel erlaubt sind. Oder ein Apparat
mit Gedächtnis.

Längst hat es aufgehört, und es hat sich
das Gras aufgerichtet bis abends.

Möglich wie es weitergeht

Geschiebe, Geröll: die Veränderungen lautlos, ohne daß wir
bemerkten die Steuerungen, jemandes Eingreifen,
die blanken Wirkungen der Theorie; das *Veränderte*
kam einfach um die Ecke; das plötzliche Bild
einer Straße, an deren Rändern einmal Klatschmohn stand.

In Sicht der Schlagbaum, der Beginn der Geschichte
des Morgengrauens, die manchmal mit am Tisch sitzt
zum Frühstück und Zeitunglesen, manchmal wie ein Märchen
sich anhört, und Erwachsene stehen verlegen herum
auf einem Kindergeburtstag. Es ist kühl; im Morgennebel
tauchen Motorräder auf; eine schlafende Kuh
wird erst gar nicht erwähnt; im Zelt die Taschenlampe.

Eine Umfrage läuft unter wiedergefundenen Freunden, und
einige sind noch imstande, den Suppengeruch zu riechen,
der nach der Großen Pause in der Turnhalle hing. Einige
versuchen, wie Ilse Werner zu pfeifen ... was brachte
die Umfrage denn an den Tag? Wer hatte Skrupel, ein Kreuz
zu machen hinterm Namen der Reichshauptstadt; wer hörte
was anderes als den Schilfgürtel bewegenden Wind?

Keiner war nach dem Klassentreffen so richtig betrunken;
verwirrt im Wagen wegen eines alten Flirts, wegen
ein paar verwechselter Namen. Das wars sicher nicht;
die Brennesseln am Saum der Böschung hielten uns
von Abenteuern zurück, die keine mehr waren; man schaute
auf verdunkelte Fenster und wartete, daß etwas passierte.

Es passierte genug, aber nicht das Erwartete, höchstens
das Befürchtete; einmal kam die Frage auf, ob täglich
die Zeitung die Fortsetzung für den Roman schrieb ... und
was der Flakhelfer verriet mit seinem Gedicht,
in dem sich *Buna* reimte auf *Leuna*.

Vor jeder Biegung pfiff die Lokomotive der Kleinbahn;
läutend kam sie am Sägewerk, bei den Futtermitteln
vorbei. Dann kamen die Anfänge der Enttäuschung; Platz war
genug auf den Plattformen der Waggons. Voll Ruß
das weiße Sonntagshemd; man wagte sich erst weiter nachts.

Wer so spät anrief, der lallte ein bißchen,
entschuldigte sich sogleich; nur wenn es klopfte,
standen Ledermäntel vor der Tür, und Schafe
auf der ungepflasterten Straße hielten die Limousine auf.
Wo ging es hin ... laß dir den Weg
beschreiben in die eine, die andere Barbarei.

Die Kinder von damals sind lange schon alt; es ging
sehr schnell, nachdem das Milchmädchen, der Briefträger
gestorben war; dann hustete das halbe Sängerheim; nicht alle
Akten brannten sofort. Wer schoß auf Rex, den Schäferhund,
auf Ruth, das Pflichtjahrmädchen? Frag erst noch mal
beim Stubendienst, am Schalter drüben in der Baracke,
im Vorzimmer der Bibliothek.

Ganz naß der Parka; ein Päckchen Tabak macht die Runde,
bevor die Theorie auf dem Tisch liegt. Die Hähne krähen;
es wird noch gesprochen; auf Band eine Auswahl
schöner Geräusche. Wenn die Belege nicht reichen, bestellen

könnt ihr mit vierzig Prozent Rabatt, und der Himmel wird hell, und vor dem Essen können wir schwimmen gehen.

Vorläufige Windstille

Gelb war der Sturm, anderntags blau, einer
von vielen, die ihre Namen verschmolzen
mit den Stimmen Amerikas, den Schatten
der Marseillaise, Funkfeuern rund
um die britischen Inseln. Andere Farben
kamen erst vor, als Fischkutter, Briefkästen,
Güterzüge ins Blickfeld der Ruhe gerieten,
einer Zeitphase, die kurz erinnerte
an ein mögliches, riesiges Spektrum. Das war

eine Szene, die auch jetzt noch
die Grammatik belebt, aber wie lange?
Geht es, wie immer, um Quoten, um Renten,
um Abenteuer, die subventioniert sind?
Nicht nur der Himmel, seit diesen Tagen,
steht wieder offen; man kann sich so
oder so entscheiden, ob eine
lange geplante Reise ins Gedächtnis
zu verschieben ist, ob das Horchgerät
noch einmal zurückgerollt wird
auf Gleis 7. Erinnert wird das Innere
eines Waggons, der Bunkereingang
unterm Stadtpark, das Grammophon
und die Loge im Ufa-Palast; all das

stimmt. Ruf an im Besetzungsbüro,
frag, welcher Jahrgang, bevor die Zuständigkeiten
wechseln; nicht einmal dieser Vollmond ist

zeitlos, dieses graue Gestein, an dem die See
meiner Träume zurückprallt. Schwieriger wird es
zu atmen; liegengelassen auf einer Insel, die
kleiner, flacher und weiterhin kleiner wird, harrt
nach dem Erwachen ein Schiffbrüchiger aus, der
bislang nirgendwo aufgetaucht ist. Kein Vermißter,
eher eine Erfindung, die anderswo nicht
plaziert werden kann, jetzt aber mitmacht
im nächsten Teil der Geschichte. So soll es

nicht sein? Im nächsten Sturm kracht
die Fichte aufs Dach; eindeutiges Grün, und
wir melden sofort: das ist eine
neue Situation. Und der Sterbende greift
nach einer Zigarette, die nur seinetwegen
im Handel noch ist. Und die Erinnerung
zappelt; sie wird irgendwelche Güterzüge nicht
los, auch wenn sie längst steckengeblieben sind
auf versandeten Gleisen. Nicht noch einmal
schaufeln und schaufeln mit dem Deckel
des Kochgeschirrs; Ameisen kribbelten, kribbelten
übers Gesicht, das zwischen den Waldbeeren

lag. Gib die Kamera her ... wie bitte, die Planstelle
ist nicht besetzt? Man sucht wieder Leute, die
das Ufer hochkommen mit trockenen Füßen, und
wenn keiner so rasch sein Sternbild
zu Geld macht, zieht man die Wachen
vom Kreidefelsen zurück. Unterwegs sind noch
einige Ansichtskarten aus den weißen Jahrzehnten
der Sommerfrische; bis man sich wiedersieht, sind

Geländer, Veranden, Kajüten zu streichen; dann
sind wir da, an einem Sonntag im Frühling,
auf Korbstühlen sitzend, die uns hingestellt hat

eine konservative Mehrheit. Kann sein, du
vergißt dich noch einmal und wirfst
ein paar Möbel um; der Hintergrund der Gefühle
erscheint vielleicht schon nach dem Öffnen
der nächsten Studiotür, nach dem Bruch
mit einer Vereinbarung, die bloß ein Verzögern,
eine Ausrede war. Die Obstbäume, die
nach dem Orkan auf den Wiesen liegen, fangen
zu blühen an, und mitten im Monolog
entsteht das Hin und Her zwischen Abweichlern,
Obdachlosen, Geheimdienst und den Leuten

im Dorf. Im Tanzsaal die Evakuierten
auf Stroh; die Tankstelle unten erzählt nichts;
fragen Sie doch die Erbengemeinschaft
der Schmiede: Storchennester, die hatten wir früher
und hätten wir gern wieder hier. Die eigene Stimme:
ein Geräusch der Fußgängerzone, die eine Kurve
zieht quer übern Schreibtisch. Ans Fenster
schlagen die Falter; ein Photo entstand
vorm Cottage der verlassenen Frau; es gibt
diese zeitlosen Briefe, deretwegen gleich wieder
das Telefon geht. Aber sind denn die Leitungen
frei: kommst du so rasch aus dem Dickicht
heraus, das zwischen den entwurzelten Bäumen
entstanden ist? Vorläufige Windstille, aber

noch sind nicht alle Straßen passierbar,
und man hört in diesen Tagen nur
die Motorgeräusche der Sägen. Sprecht nicht
soviel und kommt erst, wenn
die verwüsteten Gärten leergeräumt sind. Kühl
hat angefangen der Frühling; wir haben uns
nur wieder täuschen lassen; es ist noch
zu früh, draußen vor den Häusern zu sitzen.

Im Wind

Amseln, dann andere Stimmen. Es hört nicht auf
im Schnee, wenn mit dem Schnee
eine Neuigkeit kommt, die heute morgen
ganz *wesentlich* ist. Oder wie
siehst du das? Ich sehe den Birnbaum und wie er
(der Birnbaum) reagiert auf den Wind (auf den
Wind). Heute morgen, noch einmal, fiel
die Entscheidung. Krieg
zwischen Elstern und Krähen, nur dieser Krieg,
kein Drumherum, nur diese deutliche Verständigung.
Noch eine Stimme, der nächste Kommentar; es geht
ja (noch einmal) ums Ganze. Stehst du
im Garten? Dann weißt du, tuck tuck, die Amsel hat
zuallererst gewarnt, du weißt es, ich sage es noch
einmal, im Krieg, im neuen Schnee, im Wind.

Bergstraße

Es ist früher Morgen. Hinter der Kurve
rutscht hinters Haus die sichtbare Hälfte des Mondes.
Eine unerwartete Bewegung, die den Rhythmus
der Gewohnheiten sogleich verändert, als sei zwischen
Nähe und Ferne kein Unterschied. Ganz sicher ist
eine Täuschung entstanden, aber du kannst ihr vertrauen;
mit dem Verschwinden des Mondes hört die Unruhe zwischen
den Gehölzen auf; du kannst jetzt passieren.

Sonntagabend

Die Milch in der roten Kanne kommt
direkt aus dem Kuhstall. Ein dunkler Weg,
abends gegen sechs, und nur der Himmel
über Leverkusen ist hell. Die beiden Alten:
mein Jahrgang; während ich unterwegs war
in anderen Städten, versorgten sie ihren Hof.
Der Hof ist der letzte, und die Jungens bauen
über den Ställen Wohnungen aus. Roststellen,
Beulen; brauchen wir die neue Kanne?

Zwei Frauen

1

im Haus der Pfarrersfrau das Telefon
blieb still, und sie wußte auch nie was
von den Festivals unten in der Hafengegend;
am Rand des Haferfeldes stand sie
und hielt sich das Kleid fest

2

noch näher ans Fenster rückt
der Holunder; bis die Suppe kalt ist,
hat sich die Großmutter zweimal bekreuzigt,
weil ich hab nach der Hexe gefragt,
die mit dem Blasrohr, sechzehn und schwarz

Kirschzweig mit Nachrichten

Telefon spät. Man sieht sich so selten; das war
einmal anders ... was soll ich sagen, wenn dies
der nächste Meinungstest ist? Ein Scheibenstück Mond,
im Fensterausschnitt, hat sich gezeigt
hinterm schwarzen Geäst ... ich erzählte es schon, falls
dein Finger auf der Taste liegt. Nachmittags
waren zwei Spechte im Baum; das waren
nachmittags die Geräusche. Der folgende Film: ein Punkt,
der leuchtend fliegt und zersprüht; N. legt die Platte
mit *Stardust* auf; die Gäste stehn auf und das Zimmer
wird leer. Scheinwerfer unter den Brücken; kurz blitzt
im Hintergrund die Kamera; wir fahren weiter

leichtfertig und frei. Die Eule sitzt
überm Hohlweg, und wenn sie nur hustet, passiert
zunächst nichts. Oder ein rasches Aufglühn
im Kirschbaum, so näherte sich schon
der Sommer ... ja, Sommer mit seinem heiteren Geklirr
der Marmeladengläser, Limonaden, oder was fluchst du
im Heizungskeller herum ... du suchst nach
alten Straßenkarten aus dem Reich? BP-Olex, Ordensburg
und Fremdenzimmer, verlegene Mädchen
nach den Manövern, komm, gib mir meine Feldpost zurück. Aber

du telefonierst, verbringst im Vorzimmer den Frühling,
tippst in den Bildschirm unverständliche Daten. Irgendwo
summt es, nein, sirrt es, oder ist es das leise Zischen
im Ohr, das nie nachläßt, nie in die Nähe

der Schmerzgrenze kommt ... man hört nichts
in diesen hellen, kommunizierenden Räumen, die
asbestfrei möbliert sind mit Palmen. Draußen

die Räumfahrzeuge, zwei Pferde fern auf der Koppel,
auf Bretterzäunen Plakate der Utopie, dahinter
Würstchenbuden, Wind überm Sportplatz. Laß uns
gehn. Die Kellnerin zieht den Block aus der Schürze
und rechnet. Die Nacht wird es schneien, und als du
anriefst, war die Wiese schon weiß. Zu spät
zum Fahren. Zu spät das Ticket Amsterdam: Mr. Chet Baker
hat sein Hotel schon verlassen. Bleib bloß jetzt liegen,
still, am Ufer der Introversion, die vielleicht ein Photo
einbezieht mit 'ner Trompete, geschultert über dem T-Shirt,
das all die Zeit (die vergessene Zeit zählt immer mit)
ein schneegrauer Flecken war. Die Kälte hatte

andere Namen, suchte sich Flächen, Erdteile aus, die
mit unseren Stimmungen nicht korrespondierten, oder
die Leitungen brachen zusammen, und zu stottern begann
im Studio unser Mann. Alles Sache von Agenturen, die
immer ganz nahe dran sind; so sieht es aus, aber
wer ist der Fremde, der in der Dämmerung jetzt übers Feld
geht und plötzlich verschwunden ist? Mach

die Nachrichten an, halbstündlich. Sieh nach, ob
Tesa-Film im Haus ist. So viele Kleinigkeiten liegen herum,
die für Unruhe sorgen, Schlaflosigkeit, Gebirge
aus Skrupel und Altlast. Dick wird das Öl, ich pumpe
und pumpe gegen die Kälte; Krähen mit dem Wind
aus Nordost. Vermutlich sind die Vorgärten
vermint. Kann sein, der Geruch dieser Veilchen lähmt

uns die Lunge. Noch einmal abends zu den Vernissagen;
aus Wellpappen ein Horizont, auf den du Konzepte
des Weiterlebens projizierst; vom Überleben erzählen
die Photos, die eine Gedächtnisspur ziehn
zwischen Bunker und Funkkantine; im Sommer danach
begann die erste Lügengeschichte des Friedens. Schlagbäume
über dem Dorfweg; Schneisen durch Harz und Thüringer
Wald mit Hochständen, Feldstechern, Fahrradpatrouillen;
bald fielen die ersten Schüsse; die beiden Särge
holten wir auf dem offenen Lastwagen heim. Eine nie

erzählte Geschichte, so viele Andeutungen, Zitate, Variationen
aus den Fluchtkoffern und Rucksäcken im hintersten Keller
schon hervorgeholt sind. Zu lang die Liste, die Zuhörer
schlafen ein oder haben Mietwagen bestellt; es gibt
auch keine Bar in der Nähe, wo eine *Rosetta* spät
noch vorbeikommt ... vielleicht das *Zeitalter* verwechselt;
nun findet man sich, nach aller *Angst*, in der
Fußgängerzone wieder. Fahrt weiter nach Nizza;
die Reichsbahn für die alte Verwandtschaft; Anklam,
Wernigerode; aus Werder kamen die Gurken. Immer noch

keine Verbindung, besetzt schon die Vorwahl, das wird
aus Telefonen ein riesiger Schrottberg; die Daten, die wir
austauschen wollten, sind längst veraltet. Nachts
kann ich euch hören auf Langewelle, da ist der
Deutschlandsender wieder, das Rauschen der Kiefernwälder
von Königs Wusterhausen. Bellte, oder wie hieß es,
die Flak? In der Stille begann der Drahtfunk
zu ticken; am Rand der Chaussee hüpften Krähen hin
und her zwischen den Ebereschen. Ich bewege mich,

und der Korbsessel knarrt. Da liegen noch Rechnungen,
verschobene Termine; der Fragebogen folgt der Spur
eines alten Romans, der jetzt ein paar Fortsetzungen
vorschlägt. Dann knarren die Fensterläden; es ist
eins der letzten Geräusche in unserer Gegend, das
aus der gewesenen Zeit kommt und den Abend
ums Haus stellt. Ums Haus gehn im Lichtschein
der Satelliten, im knirschenden Schnee; seit Jahren
knirschte über den Hügeln des Dhünn-Tals der Schnee
nicht; am Wochenende wagten wir uns auf
den zugefrorenen Waldteich und *schlitterten Bahnen*
übers Eis. Schlittschuh-Gespräche; zur Schule

übers hartgefrorene Schneebrett der Straße; Wettläufe,
Foxtrott im Erfurter Stadion, bis die Kondensstreifen zogen
hoch durch die blaue Luft. *Komm zurüüück*; die Lautsprecher
zogen die Sehnsucht der Mädchen in eine Leere, die
der Urlauberzug auf dem Bahnsteig zurückließ; vielleicht,
ich warte auf dich, sah man sich wieder sonntags in der Matinee
im Ufa-Palast. Das laufende Repertoire, oder: Alles

noch einmal, aber so kommst du nicht, wie
mans erwartet, hoch aufs Trapez; es fehlen auch noch
zu viele Details, die im Traum, im Netz
der Gleichzeitigkeit, ganz selbstverständlich verfügbar
sind. Immer ein Leck, ein poröses Geweb, ein plötzlich
leerer Speicher, auf dem man frierend herumsteht, bis man
zwischen den Sparren den Kinderschuh, ein Stück Zeitung
entdeckt. Die Chronik der Dinge, Tschaikowsky-Walzer
in der Wochenschau, *am Ufer saß ich*
fischte, die öde Ebne im Rücken. Der Morgen beginnt
mit verfließenden Bildern; der Versuch zu verschwinden

endet im Stau auf der A 4: laufende Rendezvous
auf dem Autobahnring. Zu Hause bleiben ... ja wenn
im Büro man der Älteste ist; ist das
die gemeinte Zukunft ... sehr wichtig, daß Fabers
Bleistifte bleiben, daß sich Rinnsale durchsetzen,
Türen plötzlich aufgehn im System. Gestern im Lift
der Knoblauchgeruch; der Gang übern Flur ging gleich
hinaus in die Steppe, oder war es eine Haltestelle
in Lissabon ... die Volontärin verstand
nicht, als ich nach Seminaren fragte, wo man das Bunte,
die nutzlosen Kringel, die Geräusche des Phantasierens
studiert. Die Möwe vor den Fensterfronten zieht
durch die Luft einen Weg, der
zur Küste führt, dahinten, hinter
den Antennen, und im Anrufbeantworter meldet sich
die See, und wenn du wartest, schreib ich dir 'ne
Ansichtskarte aus der Kantine; wir sitzen in einem hoch
gezogenen, glitzerndem Würfel. In Aussicht

einige Variationen, Standortwechsel, Bewegungen
in der Struktur; bei diesem und jenem Risiko greift
der Sozialplan; bloß diese Zinsen
und langfristigen Biotope, diese Wochenendtrips
zum Weinlieferanten im Elsaß, da muß einer was
sagen, was tun, wozu hat man treu mit Spenden, Beiträgen
etcetera ... eine gewöhnliche Rechenaufgabe, die Verlorenes
und Gewonnenes nach allen Seiten verteilt; irgendeiner
kommt immer zu kurz. Die ärmsten Schlucker
leisten sich neue Briefköpfe, Seidenpapier, Adressen
mit französischen Namen; dann fällt der Strom aus,
Briketts auf Bezugschein, der Briefträger streikt. Qualm

der Geschichte. Eine kaum begriffene Lektion; die Kamera
zeigt Minister, Streichquartett, pensionierten
Geheimdienst; nachts kriechen Marienkäfer
über die alten Märchen aus Bagdad. Mehr wissen

unsichtbare Zensoren, die auf den vorbeiziehenden Sternen
untergebracht sind; sie kümmern sich um Stimmung und Front,
den Spurenverlauf vom Schnee in die Wüste, Verzögerungen
in der Logistik. Wo im Dickicht die Maus wühlt,
die Schleiereule hört es vor ihrem lautlosen Anflug,
und auf dem Monitor siehst du, bevor er sich auflöst,
den Punkt, auf den es ankommt. Es kommt nicht
auf Zielgruppen, sondern (es ist keinerlei
Trick und nichts Virtuoses) auf Ziele an, die
man erst unterwegs sieht, selbst wenn man sie lange
zu kennen meint; es ist wie Sprechen, das
nach den Wörtern sucht, die allesamt doch vorhanden

sind. Nichts, gar nichts vorhanden; man finge sonst
nicht immer an, auf leeren Blättern neue Linien
zu ziehen, die irgendwo draußen die Ränder
des Paradieses berührten. Unendliches draußen,
auch wenn es nur die geschlossene Schneedecke ist, die
seit Tagen unsre Schuppen und Scheunen
umgibt. Nächtelang weißes Stürmen; Eis
in den Fensterritzen, die wir mit Decken verhängen;
das Haus voller Holz, Kerzen und Branntwein; Mühen
und Sorgen, die über diesen Winter
hinausgehn; ich erzählte dir abends von Kriegsfrost,
Schneehemden, Reisigbündeln und aufgetauten Kartoffeln;
die Reste des Jungzugs am glühenden Öfchen. Am Horizont

unbewegt die hellen Versprechen; mitten unter den Leuten
schlägt man sich eine Gasse frei; die Herren vom Hochsitz
schon weg in verdunkelten Coupés. Friedliches Singen
schwillt an; Krachmacherei, weil wieder keiner die Stille
aushält, das unsichtbare Zeichen der Angst. Vom Ufer, wo
zwischen den Büschen die Angler sitzen, feuern
plötzlich Maschinengewehre; wenig passiert; die Uferstraße
bleibt weiter passierbar, und junge Leute mit schwarzen Tüchern
betreten die Diskothek. Kunstpädagogen malen den ganzen Tag
Tauben; abends wird an Gebeten gestrickt und
der Kräutertee gerät in Bewegung. Rundum laufend Engel am
Telefon; winzige Namen verlängern die Liste; noch eine
Wortmeldung, aber die Nachbarin geht erst mal

kegeln. Gut so. Falsche Richtung; das kommt, weil das Lesen
von Meßtischblättern kein Studiengang ist. Man fährt
all diesen Schildern nach; am Kamener Kreuz wären
die russischen Panzer steckengeblieben im Stau. Feldwege
sind mein Geheimtip, und jeder Zaunpfahl hilft
beim Festhalten einer Herde Metaphern. Du kannst
sie zählen, mit Stempeln versehen, verkaufen ... nein,
besser vermieten an Studios, die Schmuggel, Wildnis
produzieren. Es zählt nur der Schmerz, der

genau ist; am Ende aller Migräne kauft man
die Eigentumswohnung, den Dachgarten, wo du frühstückst
in der Februarsonne. Zähl weiter; nächste Objekte,
Müggelsee, Meiningen, Klassikprogramm; Reisekader
gehen rüber zum Imbiß; Frankfurter, Wiener, Senf
und die Selbstbedienung Europa. Rostfarbene Waggons,
ein Radiogeräusch, das Erinnerungen transportiert

vorbei am Gartengelände, durch Dunststreifen im
September, der mit der Reihe Sonnenblumen
zurechtkam für Spähtrupps, Flüchtlingskinder, ein paar

Emigranten. Weit weg die Küsten, die Gassen
zum Hafen vorbei an Cafés, wo großes Geschacher lief
mit Kellnern, die zwischen den Himmelsrichtungen schielten
und pfiffen für eine Taxifahrt ab ins Casino. Marine
las Valéry; im Scherenfernrohr die endlose Dünung, bis
eines Morgens die Fetzen von weißen Schals
in leeren Wintergärten hingen; den Klavierdeckel hatte
der jüngste Fähnrich zugemacht. Die Runde Korn
kam später; dann sackten wir im Tauwetter ab; im
Matsch die Offensive blieb liegen. Was auf die Leute
niederging, war neben dem Bombenhagel der Beschuß
durch die eigene Propaganda; versehentlich traf den Konvoi

ein Schneeball. Aber alle Gespräche auf Band, und
große Vogelschwärme sind unterwegs; nachts hörst du
die Bewegung der Luft, den unsichtbaren Strom
einer Reise, die von ihren Genauigkeiten nie abweicht. Mal
wieder Bescheide, die freundlich, verständlich sind . . . na bitte,
ans Fenster rührt der verloren geglaubte Kirschzweig; spät
nachmittags glitzern die Pfützen auf, und der Schreiner
bringt noch die Sommermöbel. Sitzt du am Telefon?
Komm besser nach, heute abend; ich habe so lange
dein Gesicht nicht berührt; das Licht draußen lasse ich an.

Sendezeit

Nachmittags ein Kommentar, aber abends ziehen
Sterne über den Bildschirm, die rascher entstanden sind
als die Spur der Gedanken. Sie öffnen und schließen
Türen dieses Systems, in dem wir unser Mögliches
tun, bis zum Dementi. Dann hockt aufeinmal

nachts auf der Fensterbank eine Eule, und es ist
eine neue Situation, die in den Nachrichten nicht
erwähnt wird. Irgend etwas mußt du jetzt

sagen. Alles gespeichert. Du kannst auch versuchen,
Gesagtes zu variieren; im Archiv stehen Leute
zum Nachschauen bereit. Oder die Sonne bricht
durch den Dunst, der morgens zwischen den Hügeln liegt,
und das wäre schon der folgende Tag, den man
anfangen muß, ohne die Nachrichtenlage zu kennen.

Korrespondent

In die Kamera schaut er kaum; fast sieht es aus,
als führe er ein Selbstgespräch, eine Korrespondenz
mit Etwas auf dem unsichtbaren Tisch, vielleicht
mit dem Bleistift, der Zigarette.
Ein leichtes Zittern der Hände ... man weiß nicht; jedenfalls
sehr sympathisch, nichts Gewisses, eher Genuschel, was
kann man schon sagen ... Kälte und Blicke
auf eine Straße, die ein bißchen erhellt ist von
Schnee; eine übrig gebliebene Fahne, die
von einer Windmaschine bewegt wird. Riesiges, das langsam
verschwindet ... es ist schon verschwunden, noch vor
einem Dekret. Er wiederholt es; er kann erst gehen, wenn
nichts mehr passiert. Man wird ihn vermissen.

Zwischendurch im Erzgebirge

Still sitzen und sehen, wie unten der Nachmittag
die Dämmerung erwartet, wie Scharfschützen hinter
einem Mauerrest verschwinden und Kinder
einem weißen gepanzerten Fahrzeug nachlaufen, wie
eine Hügellinie, die eine Grenzlinie ist, das Nichts
des Schnees vom Nichts des Himmels trennt, und
entlang der Grenze, die eine diesseits, die andere
jenseits, fliegen die beiden einzigen Krähen, die
es in dieser baumlosen Landschaft gibt, wie
das changierende Muster eines Ölteppichs entsteht
mit dunkler werdenden Rändern, wie auf der Wiese
ein Baumstumpf die Form eines Körpers annimmt mit
abgeschlagenen Armen und Beinen, wie unterm Kirschbaum
sich die Avantgarde zeigt, mit spitzen, grünen Lanzen,
die später, in den nächsten Tagen, die Konvention
der Schneeglöckchen annimmt, wie in dunklen Fenstern
Bildschirme aufleuchten und auf jedem Bildschirm
zuerst eine Schrift und dann das Gesicht einer Frau
erscheint, die lautlos die Lippen bewegt.

Zwei Tage

1

ganz ruhig, spät nachmittags nach allen Meldungen,
versuchsweise über den östlichen Autobahnring,
während die Elstern sich einzig kümmerten
um ihre Spur in der Luft, einen April-Weg
ins System der nützlichen Zweige. Gestern noch sagst

du: ein gefährdeter Strand ist nicht in der Nähe,
aber etwas geschieht, das mit seinen Geräuschen
die Versuche der Konversation unterbricht; dann
rollten Verletzte ins Bild, und also

gehts weiter. Texte zum Beispiel
der Sklaverei sammelt eine Behörde; zur Stunde
ist eine Maschine unterwegs, die bewaffnet ist
mit einem Geheimnis. Schräg schlägt der Regen
an das einzige Fenster, das jetzt in die Nacht
blinkt, und der Tag hat sich noch nicht

entfernt. Die Vögel atmen mit halber Kraft,
und die Lage entspannt sich im dürren Gebüsch.
Du siehst, so leicht ist beweisbar, daß
in den Rastern des Schreckens doch die Freundlichkeit
einzieht; wer war dagegen, wer legte den Hörer auf.
Gestern noch Schüsse gehört, viel weiter

reicht das Gedächtnis, wenn das Alter der Birken
ein Rätsel aufgibt, dessen Lösung nur der Geruch
des Geländes mitteilt, die rotschwarzen Reste
der stillgelegten Fabrik. Tiefflieger
schrammen die Haut; im Herbst sagtest du: es fehlt
eine Katze, der Hühnerhof, es fehlen
Kaninchen; bist du ehrlich im Tagebuch ... Nichts

ist passiert in der Parkebene unten; kein Nachbar
glaubt, daß sein Erker zuerst kracht, daß
seine Kabine explodiert, zum Freizeittip
nach dem Frühstück. Zeit hat das Gras. Manöver
bläst ab der Denkvorgang im Computer. Etagen
im Zwielicht; wer steuert dieses Zaudern
und Zögern, obschon ganz spontan
die Begegnung zweier Suzukis verläuft

2

hier oben gibt es, über den Hügeln, nur
das Frontengeschiebe der Wolken, und alles
hängt ab von den täglichen Kräften
der Simulation. Ein letztes Gebimmel im Tal
erinnert an die Ordnung des Klosters, die Regeln,
nach denen die Kräuter der Klostergärten
verwendbar sind, für die Freuden und gegen

den Schmerz. Die Konvois am Wochenende
rollen ins Orgelkonzert, Widor und Vierne;
am Flußufer parken Bank und Chemie
gepanzerte Limousinen. Fensterblicke ersetzen

das jeweilige, längere Dabeisein, das mit
lästigen Vorbereitungen beginnt, fast
einer Entwurzelung gleich, die anzudeuten
zu allem verpflichtet und lächerlich ist wie

jedweder Kommentar. Die Zäune
zwischen den Weiden sind genauer gezogen,
und der Habicht weiß, warum er hockt
auf dem untersten Eckpfahl. Und du suchst
den Weg jetzt ins Mühlenbild, auf
einer alten Karte, die noch die Seele
der Topographie kennt; da gehen wir hin,
wahrhaftig, das wird ein Ausflug zurück
in die Heimatkunde, ehe der Wandertip
zum Wochenende herauskommt. Aber die Kälte

unterdrückt alle Gefühle; trostlos fahren
die Bauern noch einmal den Mist
auf die kahlen Weiden, und den Maulwürfen
hilft nicht die Langsamkeit des Kalenders.
Wettergespräche; damals bestimmte die Dunkelheit,
wer rechtzeitig in den Hof kam; das wußten
die Hunde so gut wie die fauchenden Gänse, die
man jetzt suchen muß im Geräuscharchiv,
zusammen mit ruhig dröhnenden Bombern.

Winter, helle Fenster

Zweimal dieselbe Nachricht, und hinter den Bäumen
die Bäume, die man nicht sieht. Anfangs
etwas Regen; im Fenster am Ende des Korridors
taucht ein Motiv auf, das eingespielte Geräusch
von Gesprächen, Ufern, Chausseen. All das
in den Jahren getrennter Verläufe, mit Grenzanlagen,
zugewachsenen Eingägen, eingehängten Telefonen; was

wird jetzt gelingen ... historische Einzelheiten, Gewimmel
in einer Szene, die am Ende, unendlich vergrößert, fast
leer ist. Man blättert Karteikästen durch, eine Methode
des Zeitverfalls, die Vorarbeiten leistet
für die näher rückende Verjährung. Oder genauer?
Genau sind unsere Sendedaten; ausgedruckt sämtliche Titel,
Frequenzen ... oder bleiben Sie interessiert an
der Dramaturgie Ihrer Träume? Eine Weile noch kreisen
über dem Maisfeld die Reiher, dann gehn die ersten Schranken
in der Tiefgarage hoch, und du kannst wieder

anfangen; die Woche fängt an. Bis zum Tischrand
Verkehrsstau. Im Hintergrund Wiederbelebung von Haufen
im Laubwald, und über der kleinen Tomatenplantage
ein riesiger grüner Schirm, der das Schweigen bedeckt
der Angler am Ufer des Avon. Nun bricht ab
mittendrin die Erzählung, die angelegt schien
für eine mittlere Strecke, den kalten Kurs
von Staffeln bei Nacht, Flottillen, die langsam
den Fuß der Küsten erreichen. Flach liegt

die See, und Planken kommen zurück, die
den Namen von Städten tragen, in denen
am Wochenende nichts los ist; vielleicht
im Heimatmuseum ein Schriftzug, ein Seil,
und du trägst nach der Schulklasse unten

das Datum, den eigenen Namen ein. Eine zeitlose
Korrespondenz, in der Dinge und Augenblicke aneinandergereiht
sind, und die nächste Phase kann vergehen, indem sie
quer durch die Gärten die Linien eines Suchbilds
zieht. Spuren findest du jeden Morgen, der es immer
mit Ablenkungen versucht, mit frisch geleerten Aschenbechern
und See-Brisen für den Hustenanfall. Man macht wieder
mit, verstrickt in Informationen, die mit / ohne
Auftrag uns zwischennehmen; wir wissen mehr, oder weniger,
als wir tun. Gedränge im Waschraum; die Handtuchrolle
rotiert. Gleichmäßiges Licht in den Korridoren; draußen

wandern die Schatten der Wolken. Morgens legen wir
die Zeitung weg und steuern den Jeep durch eine Schlucht,
die Pflaumenbäume säumten bis zu den Fluchtversuchen
im Sommer; jetzt sind wir zurück und stehen vorm Haus
und fotografieren das Verschwinden der Angst; jetzt erst

ab alle Posten. Wind hatte die Zeitung zerwühlt. Alle Tische
bedeckt mit Zeichnungen, Entwürfen. Ein Tag wie
Allerheiligen, der die Sprache der Sorben vergegenwärtigt
zwischen laufenden Interviews . . . damals begannen
die Blätter der Pappeln mit ihrem Fall. Eine Mitteilung
wie im Frühling, wenn die Haut noch ganz weiß ist
und die Familie kleiner und kleiner wird; wenn

du ausstirbst, laß den Hausschlüssel hier und mach
die Türen leise zu ... Dämmerung, lange Blende und

Schnitt: die Nacht steht vorm Fenster, begleitet
von einem Zitat, das sich gleich weiter verwertet für
Hotel-Suiten samt Verfilmung; das Licht der Boulevards rinnt
über nasse Limousinen. Erst zitterst du, dann wehrst du dich,
jetzt willst du nicht mehr, was ist denn überhaupt los
hier ... Äste fegt der Sturm übers Feld, das morgens
ganz still liegt, spät morgens, wenn die Rush-hour
ausläuft und in einem Moment des Atemholens
die Leere erscheint. Was könnte nun plötzlich
alles geschehen, und wärst du bereit, aufzuspringen
und dabei den Kaffee zu verschütten ... die Bilder geben
ihre Sujets nicht zurück, und so hat sich vermehrt
der Fundus der Inspirationen, jedenfalls der sichtbare Teil,
über den man reden kann in der Talk-Show. Aber wie immer,

zu spät fielen mir Argumente ein, die das Mißverständliche
korrigierten; für einen Brief nach Karlshorst
buchstabierte ich *Teltower Rübchen* ... alles ahnungslos hier
im Herbst der positiven Trends; ins Torhaus
ziehen sich die alten Spinnen zurück. Nach einem Niesanfall

weiter; hinter der Kurve das Reh
übern Mittelstreifen, und was sagtest du
kurz vor der Kurve? Laub kippt vom Penthaus
herab auf den Parkplatz, und die Jungs oben
kichern: es war eine Super-Idee, bevor der Sonntag
langweilig zu Ende ging. Du fragst herum, ob
in der Stadt mit See-Muscheln zu rechnen ist ... ja,

es wird kälter, nun sieh zu, ob es in diesem Jahr
noch zu einer Verabredung kommt. Vorläufig

alle Akten gesperrt; vielleicht kommt aber jemand
vorbei und bietet Kopien an, oder du wartest ganz einfach
den Wind ab, der im November den Rest der Netze
zerreißt. Weit kommst du nicht; ein Unbekannter bittet
um Feuer: du erkennst überm Streichholzflämmchen
das Fernglas im Busch, die Kamera im Séparée, das Gegenüber
im dunklen Abteil. Mehr Zigaretten glühn auf;
die Wachmannschaft fröstelt; im Morgennebel
schwanken die Fahrradlampen der ersten Schicht. Oder
stimmen die Jahreszahlen nicht? Sie stimmen, nur
tauscht man Straßennamen aus, und du kannst
vergleichen von Seite zu Seite die Unterschiede
der Typographie. Dann fallen ein paar Denkmäler um, und

ein Krähenschwarm hebt ab. Der Regen hängt jetzt
dicht überm Land; die Leute oben in den Dörfern
kennen schon die Zukunft: den Schnee. Nachts
vorm Fenster flattert ein Falter ... oder ist es, im Körper
des Falters, ein Flüchtling, der ein helles, trocknes Asyl

sucht? Kaum hörbar der Türschlag, wenn jemand
kommt oder wegfährt; die neuen Wohnungen stehen
fast alle leer, seit im Sommer die Baustellen geräumt
sind ... bricht eine Seuche aus, tickt eine Bombe, sind
Massengräber unter den Garagen? Keine Woche mehr
ohne Argwohn, Gerüchte; jetzt hat auch
der Kegelklub seinen Skandal, solo am Tresen
die Identität, die verraten nach links kippt und rechterhand

einen Schuh verliert. Prozesse, Aufschwung, Offenbarung, alles
auf Kriechspur; in Sicht kein Ende der Debatte,
ob eine Sonate eine Information oder nachts
ein Geräusch im Kulturkanal ist. Ein Streik
der Friseure: der Spuk der Glatzen wäre vorbei;
du weißt, Gespräche über Schuld und die Bäume,
Lokführer, Bahnwärterhäuschen ... dick rollt der Mond
ins Geäst, der langsam über den Tisch unterm Fenster
eine helle Graphik der Schwermut bewegt. Was kommt

als Nächstes ... vorhersehbar die Zigarettenlänge, dann biegt
in die nächste Zeile der Satz ein, der augenblicklich
wie die Sekunde und seit Wochen unterwegs ist; nie
kann er zurück. Leer geschossen, vereinzelt, kamen

Nachtjäger zurück; weiter durch den Schlaf,
in diesen Jahrzehnten, zog ihre Muster die Angst,
das verwickelte Etwas, dessen unauffindbare Gestalt
einfach keinen Lärm macht. Die Nachtmaschine jetzt
bringt Post, die morgens vielleicht angenehm
man lesen kann; mit Abstürzen und Schrei reißt
im Traum die Filmserie ab. Am nächsten Vormittag
Beerdigung; am Bett drei Tage lang die Familie,
bis die Schwelle überschritten war und die Hülle
der Haut zurückblieb; vorm Haus im Regen Chrysanthemen,
ein Lächeln an der Tür, die aufbleibt, damit die Trauer

ganz leicht hinausgeht. Schneegeruch
in den folgenden Tagen, und der Horizont rückt
näher mit jeder Dämmerung. Der Schnee hat die Grenze
noch nicht überschritten; du kannst im Garten

nach Feldsalat, Lauch, Radieschen schauen; sorglos
und leer kommt der Schulbus den Hügel hoch und
zurück. Gehst du Postkarten sammeln, oder
suchst du Adressen für eine Aktion, die Nachschub
entweder verhindert oder veranlaßt ... man blickt
halbwegs durch, aber nie sind die Anweisungen richtig, oder
wir fragen nicht richtig zurück. Jedenfalls Massen von Laub
in blauen Säcken, und wenn die Nachtwachen losziehn, schlafen

wir längst. Rasch wächst es in den hinteren Reihen nach;
die Farbmischung falsch, wir wechseln die Malerkolonne
aus, diese ratternden Preise. Vielleicht, daß dieser Geruch
entsteht, weil Öl auf ein heißes Blech tropft; beobachten Sie
mal die Entwicklung, der Kater im Birnbaum weiß
auch nicht mehr weiter; vertraut warn wir
nie mit den Gewohnheiten unten im Dorf. Dort
soll jetzt der Neubau, die neue Akademie, nein,
es geht um den Kiosk, der leer steht, weil
die schöne Frau Althoff ins Management der Kantine
ganz plötzlich wechselt ... heute war es den ganzen Tag
Dienstag, und wieder mal hast du nichts, hast du

es nicht gewußt. Wie war die Frage? Niemand
steht hinter der Tür, und der Fernschreiber hört auf
mit seinem Gerassel. Wann fahren Sie wieder, wann komme ich
wieder nach Leipzig ... so viele Fragen versäumt, als
dieser und jener Verwandte noch lebte; es kippte ja mehr
ab als vorgesehen ... kapiertest du denn, daß
morgens das frische Taschentuch abends ein Dokument

war? Ein Seminar: das Versäumte! Die *Arbeitsbeschaffung*
im Stadtarchiv: was war der erzählerische Impuls, der
im Frühling in den Ruinen entstand; wer malte hier
die ersten Bilder abstrakt ... du warst zu jung, einer
der letzten rheinischen Schüler zu sein von Paul Klee, aber
ich weiß, wir haben alles gewußt, ob dienstags oder spät
im Oktober, nein, früh im Februar war es, als
mit einem Brief die letzte Zeichnung von den Hügeln
der Lysa Gora durchkam ... jahrelang stand ein Kistchen parat
mit ein paar Sachen zum Anziehn; dann wurde beantragt
die Todeserklärung, und ehe die Motten drangehn: probier
mal, die Sachen müßten dir passen. Das Ende
der Landschaftsmalerei. Photos der Spuren von Erich Schuchardt;
du erwähntest den Namen bereits. Ein roter, ärmelloser
Pullover. Und was erzählte der Toningenieur? Aufgetaucht

sind Luftaufnahmen in England: der Vorort
vor dem Angriff und nachher; *auch euer Haus kannst*
du sehen. Thank you, Karl-Heinz, ich besorg mir das Material
und komme darauf zurück; du weißt, wie viele Takes, bis
die Szene gekauft ist. Dazu dieser Tag; die Leitungen

knistern zwischen Frühdienst und Spätdienst; diese Staus
von Rohrpost, Ticker, Fax. Schau doch mal hoch ... ah, draußen
zwischen den Fassaden hängt in der Warteschleife fest
ein ganzer Nachrichtenschwarm ... der Löwenzahn ist
einfach weitergeflogen. Nur kann ich so rasch nicht
diktieren, und nachmittags läßt der Druck nach, und
du weißt, wie es geht, nur unter Druck. Ein Nachmittag
auf der Wiese, und unten aus dem Hohlweg kommt tuckernd
Klaus auf seinem alten DEUTZ, jetzt läßt er schon

Sabinchen ans Steuer ... was ist denn das, machen Sie auch noch
den Landfunk mobil? Nichts weiter, ein dazwischen geschobenes

Bild aus der *Gegenwart, die woanders ist.* Zuvor war
die Kette gerissen, und ich fand und fand nicht
das fehlende Glied. Sommerbilanz. Kein Stück Obst
an den Bäumen: die Frostnacht im Mai. Im Herbst
die *Herbststurmäpfel* von Rosy + Peter, dazu die Rübchen
in einer Tüte vom Rand der Mark ... die Wege im Sand
führen wie weit noch zurück ... wieso zurück? Wechseln
kannst du die Gegend und weitermachen
in einer Sprechanlage, die vernetzt ist mit den letzten Seufzern
der Hoffnung, mit den fernsten Stationen im Eis
der gemeinsamen Sprache. Oder einer fordert den anderen
zur Rückgabe des Stipendiums auf; wir lassen nur
saubere Jungs in den Park der römischen Villa herein. Besser noch,
einer hat den Strang allein in der Hand, die ganze Länge
der Wahrheit, und schneidet Stückchen für Stückchen ab; die Leute
vom Markt bringen es dir schon bei. Natürlich hast du

niemals heimlich ein Wort vertauscht oder bloß
eine Silbe zur Seite gebogen. Gekritzel war immer
Gekritzel. Am Tisch saßen Freunde. Man las die Serie
eines Gesprächs, das eine halbe Seite Dialog
mit ein paar O-Tönen versorgte. Sperlinge im Hintergrund,
und irgendeiner machte nach, wie die S-Bahn
abfuhr am Savigny Platz. Schwieriger waren Tauben,
Maschinenpistolen, und hinter den Ferngläsern sah man
nie ein Gesicht. Einmal hob ich die Hand
zum Winken, denn etwas bewegte sich hinter den Grenzen;
drei Tage später waren die Türme leer. Freies Gelände,

in dem man sich wundert, daß es vor kurzem
eine tödliche Zone war. Wie lange brauchst du noch
bis nach Hause, wenn du jetzt weißt, daß du umhergehen kannst
in der *wiedergefundenen* Landschaft ... es waren ja
Landkartenjahre, die das Vergessen nicht eindringen ließen
in die Scheune, hoch auf den Speicher, wo der Gedanke
des Wiedersehens, unbehelligt und still, an einem alten Nagel
hing. Kein Gespenst: nur falsche Fingerzeige
aus einer theoretischen Zukunft, von der wir endlich erlöst
sind, unerwartet und spät, und die brüchigen Sprossen
der Leiter sind nicht zerbrochen. Komm mit; das Straßenschild
auf dem Photo hängt noch am Haus, das du wieder
berühren kannst, nicht wie den Stein mit der Schrift
unter dem bleichen, weiß bereiften Efeu ... dieser Winter,
so wichtig er ist, ist nicht so wichtig und nicht so
verregnet wie vorige Woche, als wir an den Rändern
standen von leeren, zertrampelten Feldern ... das Bild
einer fortgesetzten Enttäuschung, die man anfangen kann
zu widerlegen, mit Bildern von Fenstern, die hell sind.

Sonne oder Mond

Die Vorwahlnummer von Leipzig. Du zeigst mir
den kleinen Computer, der alles schon weiß, bevor
hinter den Hügeln die Sonne hochkommt. Nur
kennt er die Wörter nicht, die dein Satzgestöber

hinterläßt. Lupinen, wo kamen sie
zuallererst vor? Von vor fünf Jahren
das Telefonbuch, das kannst du vergessen, oder
geht es schon wieder um eine Identität, die nur
mit Akten, Postleitzahlen korrespondiert? Spätestens

morgen die dritte Frage, falls Einer wissen
will, ob hinter den Hügeln nicht möglicherweise
der Mond stand. Der Mond, auf den immer Verlaß
ist, auch wenn es Zweifel gibt an der Neutralität
seiner Strahlen. Wofür ich mich entscheide,

ich wollte jetzt telefonieren. Nur
mußte ich wieder warten, so oft ich Zahlen,
Buchstaben tippte, stündlich nach den Nachrichten.

Thüringer Erzählung

Ein Stück Holz fiel hin. Ein Tag ohne Ideen, in diesen Tagen
wurde es nie richtig hell. Wieder und wieder
ging es um Waffenstillstand, oder es ging um die Zukunft
der Glasbläserei. Wie früher die Gegend aussah, siehst du
auf Ansichtskarten, die jetzt laufend im Handel
sind, nach langen Geschichten der Anpassung. Ich weiß,

ich hatte versprochen, den Stall aufzuräumen, aber dann
fiel auch das Bild von der Wand. Die Zeit hat
immer einen anderen Vorschlag, auch wenn es nur Ausreden
sind, gleich nach dem Frühstück. Oder mußt du
jetzt an die Front? Gewiß, die Züge fuhren pünktlich
ab, und die Scheinwerfer kreuzten sich über den letzten Häusern
des Vororts. Die Antworten blieben meist stecken, es fehlte

an Zeichen des unbemerkten Verschwindens. Im Sommer wieder
der Rechen, der Liegestuhl und die Leiter, und die Luft
blinkt auf über den Glasdächern der Gärtnerei. Zurück
kannst du kommen, so viele Äste herabgefallen sind
auf die Chaussee; ein paar Leute sind da, sie trinken
ein Bier mit und ziehen, wenn du weiter fragst, die Mäntel aus.

Fragment aus Arnstadt

Ein paar Hinterhöfe mit Blechbüchsen, Brennesseln, Sand.
1703/1707.
Das Geräusch dieser und jener Cantate.

Jedes Wort zwischen Rostbratwürsten und Sanierung
könnte der Anfang einer Erzählung sein.
Der Anfang ein Fuhrwerk Erfurter Straße 1943.
Zwischen zwei Häuserzeilen hörte die Straße auf,
fing der Wald an.

Noch einmal der Wald, der ein Munitionslager war,
und spärlich sind
die mittelalterlichen Baunachrichten.

Der Grundriß der Bachkirche; der mögliche Grundriß
der Mitteldeutschen Kampfbahn als Cover Design.

Etwas vom Licht der schriftlichen Überlieferung.

Ein Becher mit Goldrand ins Repertoire der Motive.

Es gab ... es gibt den Orgelprospekt im Plakat
auf der Stallwand. Das Zubehör an Hütten, Höfen,
Weiden, Gewässern, Unfreien und Vieh.
Die Grundlage, die Lage, und was in Frage kommt.

Berliner Ring
und die Bilder von Peter Berndt

Ufer, Anlegestellen; ein Motiv
der Jahrhunderte, in denen der Landadel
Gedichte schrieb. Im Sand ging die Frucht auf,
die über den Winterkrieg half; die Boote
frisch gestrichen bis Ostern. Bilder erzählen
es anders; man brauchte noch einen Passierschein,
der nur fürs Tageslicht galt. Kaninchen
im Schußfeld; ein Korridor in der Luft,
das Geräusch einer freien Bewegung. Blicke
auf Ufer, Anlegestellen; die Angler auf
diesen Skizzen wollen nichts sagen.

Reisefilm; Ausschnitte

Verdrehte Reihenfolgen, oder gab das Gedächtnis
die falschen Daten heraus? Es geht alles so schnell; der Beginn
so vieler Reisen dehnt den Moment aus, in dem man
noch zögert; es könnte ein Abschied für länger sein.

Die Vorstädte fliegen vorbei; Scheinwerfer fingern hoch
in den Himmel über den Kiefernwäldern; Kuriere klappen
Kartentaschen auf. Ein Kasten voll Sand an
der Endhaltestelle; stumm zog der Trupp an der Leiche
vorbei, die neben der leeren Straßenbahn lag. In der Nähe
der Schulhof, den ich nachmittags photographierte, bis
ein Kind kam und sagte: du warst doch schon gestern
hier, und ich sagte, ja, vor vierzig Jahren. Oder geht es
nicht schnell genug? Leer stehen Häuserreihen,

in denen man zu lange und dann nicht mehr
gewartet hat. Die Veränderungen im Herbst kamen
fast unerwartet; was war geschehen, daß nichts mehr
geschah hinter den bröckelnden Mauern im Morgenrot;
wer gleich begriff, machte die Ofenklappe, die Schubladen
auf. Vorbeischauen werde ich mal, aber so kann man es
nicht mehr sagen, denn das Erinnern kommt nunmehr
rasch, ohne Zögern, bringt Stadtpläne mit, die
den Verlauf einer Täuschung gnadenlos korrigieren.
Nur die Telefone sind ewig besetzt, außer Neapel, New York,
wo Schiffslinien, Bilderpreise parat sind. Nächste Station,

aber hier stehn Panzer im Maisfeld, am Rand
eines Wegs, der hinab in die Ölfelder führt. Rauchfahnen
behindern die Sicht; so zieht die Epoche sich wieder
zurück, nicht für immer, so lange ihr Schatten
weiterhin seine eigenen Wege geht. Im Straßengraben
eine ausgebrannte Karosserie; vielleicht gelingt eine Korrespondenz
mit diesem und jenem Archiv, das ein paar Einsatzbefehle
notiert hat. Rittmeister kamen noch vor, Ersatzteile
für eine Erzählung, die vom Morgengrauen
bis zum nächsten Clubtreffen reicht; nicht alle Skizzen
sind übertragbar auf das vorhandene Feld, auf dem
der nächste Anbau entsteht. Nichts wegwerfen, sag ich,

wenn in der Scheune aufgeräumt wird; es ging schon
zuviel in zu vielen unbedachten Momenten verloren, und jetzt
fehlt das Adressheft, die Nummernfolge, die Lagebezeichnung
eines eingeebneten Grabs. Ganz schwach noch Geruch, Geruch
von Gurken und frisch gesägten Kiefern; dann irrt man
umher in einem genauen Nichts, das vom Schweigen
geplant und errichtet war. Vom Dachzimmer reicht weit

die Aussicht über die Hügel, und der Horizont nimmt alle
die Projektionen auf, die aus Hilflosigkeiten und Mängeln
entstanden sind. Aber dann fehlt weiter ein Fahrschein,
eine Buchstabenfolge, aus der sich ein Name, ein Segelboot,
ein Todesgeheimnis, die ganze verdammte Geschichte
zusammenfügen läßt. Die Dämmerung kommt früh, und
Leuchtstoffröhren schimmern grün und rot und lila auf;
das sind ja alles Neubaugebiete; das waren
Blumenkohlfelder. Der Regen schiebt sich dazwischen, und

mit dem Rücken zur Fahrtrichtung sieht man Länder
entstehen, die es längst gibt, mit alten Grenzen, Unterschieden,
eigenen Rechten und Stempeln; bloß waren die Landkarten
falsch ... sag's genauer: sie waren gefälscht; Straßen
ins Niemandsland kamen nicht vor; Grünflecken, die
ablenkten vom verminten Gelände; jetzt rollt der Bus
einfach vorbei an leeren Zellen und Automaten. Nur

läuft, was wir Glücklichsein nannten, so lange nicht mit;
Lähmendes hängt in der Luft, auch wenn im Nebel T-Shirts
auftauchen. Was geschieht mit den alten Uniformhemden?
Sie werden vielleicht noch einmal gewaschen; man muß es
rein praktisch sehen ... komm, trink was, den Abwasch
machen wir morgen. Aber nun sind fast alle Straßen
verstopft; die untergehende Sonne glänzt noch einmal auf
über dem plötzlich gebremsten Elan; Wildgänse kreisen
hoch überm Autobahnkreuz. Wieder zieht die Heimfahrt
sich hin; die Nachrichten rutschen zusammen
zu einem Dauergeräusch, das manchmal sich anhört
wie ein akustischer Film, wie Marktplatz und Bahnhof
voll Flüchtlinge, Truppen, Touristen, und Schneefall wird
angesagt mit Öl, Modenschau, Krise und Außenminister.

Reisefilm; Wiederholungen

die Landschaft: wie Wellpappe, eine ausdauernd starre Bewegung,
an einem rauchgrauen Tag. Der Wind kam
irgendwoher *von unten*, aus einer Region unterhalb
der Wetterkarte; an diesem Abend erreichten wir nicht mehr
unsere Korrespondenten. Wir fuhren hinaus
auf den Landsitz; zu essen gab es
grünen, spanischen Spargel. Es war ein Augenblick
im Gestern, das langsam vorbeizog am Regal
mit den gelben Kalendern, Tagebüchern und Bildern;
es hatte etwas begonnen,
                                        und du kennst es,
das Geräusch dieser Wiederholung. Du kannst ... und
du läßt es ... die Aus-Taste drücken; vorm Fenster
flattert die Amsel auf, die nur gewartet hat, daß sie
erwähnt wird. Nun siehst du, wie
vom Fensterrahmen die Farbe herabgeblättert ist und
woher die Ameisen kommen, im Januar
die einzigen Lebewesen im Haus. Die Ausdauer zahlt sich
irgendwann aus, auch wenn man nicht anders kann,
als Stückwerk um Stückwerk zusammenzusuchen. Farbtöpfe
stehen im Schuppen, grüner und weißer Lack, aber
wir warten, bis ein gleichmäßiges Licht
auf jeder Seite des Hauses liegt. Ist es zu spät, jetzt
noch einmal fortzugehen
                                        ... See-Ufer kämen, bevor sie alle
verrechnet sind, noch in Betracht, mit Sandwegen hin
zum lilafarbenen Horizont ... Konjunktiv ohne Ende;
ein Ausweich-Spiel, dem man zuschauen kann, bis man

pfeift oder schreit, und es ist kein Aufwachen
aus einem Traum. Abends machen wir Feuer an; es ist
eine rasche, vorläufige Entscheidung; dann folgt
der nächste Briefentwurf: *deine Skizzen bedecken den Tisch*
... du brauchst keinen Passierschein mehr; Chausseen,
die Mitte des Dorfes ... neben dir stehen
an der Anlegestelle; gegenüber der gelbe Streifen
des Ufers ...
die Ausschnitte des Reisefilms, der gerade,
zwischen zwei Lidschlägen, anläuft; dann wird
die Wiese gemäht; die paar alten Schneeglöckchen-Büschel
lassen wir stehen. Es ist so, wir haben verpaßt
den Augenblick des Erwachsenseins, auch wenn du abends
sagst: niemals und nie ging die Tür auf, durch die
ein kleines Etwas hinausging und der, der du bist,
hereinkam. Der Unterschied, was sich ändert ... vernetzt
hat sich die Angst, soviel von diesen Versäumnissen
in Serie ging. Klavier hinter Terrassentüren,
Schostakowitsch plays Schostakowitsch, und nach Nordosten
zieht einen Bogen die Biographie. Eisschollen
stauen sich vor der Küste; in Stiefeln und Pelz
läuft über den gefrorenen Fluß, vorbei an Pimpfen
und alten Männern, eine junge, vermutlich polnische
Frau, der nachzustarren du vorläufig nicht
aufhörst; frierend auf dem Schlitten nach Hause,
deine Mutter lebt hier nicht mehr; die Szene
wird dunkel vom Rauch einer Lok, die den Schnellzug
Richtung Lausitz zieht.
Nie gesehen den See,
den ich, außerhalb dieser Jahre, umschrieb mit Dialogen nach
einer Zeltnacht, für die kein Zeuge sich fand; für alles

von irgendeiner Bedeutung blieb übrig ein leeres Kuvert,
ein abtauchendes Wasserhuhn, eine liegengelassene
Dose Nivea.

Später verlief sich ein Fußweg im Heidekraut;
dazwischen liegt das Rascheln einer umgeblätterten Seite,
die inzwischen vergilbt ist, unleserlich abends, wenn man
die Brille vergessen hat im Büro. Brauchst du
das alles ... ich meine das vermeintliche Nebenbei, das
Unnütze dieser Dinge, für die am Dienstag
ein paar Leute vom Sperrmüll kommen ... du weißt,
sie kommen vergeblich; es gibt auch keinen Abholtermin
für Restbestände im Gedächtnis (um die es geht,
wenn du alle die alten Tapeten abreißt und
Zeitungsfetzen erscheinen mit der fehlenden Fortsetzung
des Sportromans, mit den Annoncen aus einem Alltag,
den keiner mehr nacherzählt hat).

Kurzes, oder auch
längeres Seufzen ... gleich danach ein Dementi; der Wind
hing fest unterm Dach der Remise, unter dem wir
mit Rostbratwürsten beschäftigt sind, genau wie
der Mann in Paulinzella, der auf Anhieb zurechtkommt
mit Reisenden vom Rhein ... alle Blüten erfroren? Jedenfalls
keine Kontaktsperren mehr; nur fragte das Mädchen: »Es gibt
keine Wartegemeinschaften bei euch?« »Nein, wir
in der Ellenbogengesellschaft ... «

Da tauschen Kinder
Küßchen aus, ganz wie die Eltern, die Papiertauben
auf die Glastüren kleben, bevor die Gäste übern Kiesweg
radeln. Alle mit Taschenlampen; jeder stottert was
über Talsohle, Orientierung ... *hätten Sie denn erwartet
diesen Knick der Geschichte?* Es gibt ein paar Stimmen,

die man nie richtig gehört hat, wie ein
altes Theaterstück den Souffleur nicht mehr braucht; alles
geregelt, bis ein zu rascher Textentwurf
dazu führt, daß die Schlagbäume hochgehn. Die Mäntel
hingen noch an der Garderobe, als die Leute
schon rannten; es regnete aber nicht, sonst wären
nur Frösche weitergekommen, bei Nacht –

und was

erwartest du nun? Schwarzes Gewölk zieht
über die Hügel, und wenn es das Bild einer Drohung
war, war es harmlos und schön. Das Schlimmste
macht von sich reden, wenn man gerade nicht
zuhört ... vielleicht, daß man draußen steht und
wartet, bis Fledermäuse hin und her zwischen
Dachrinne und Holunder torkeln (nur ist das
eine andere Zeit, und die Mühen des Vergleichs
bleiben unerwähnt, wenn man sich einer Runde
nähert, die nach einem *Dach* für ihr Gesprächsthema
sucht).

Jedenfalls weiter. Irgendeiner wird immer
erwähnt, auch wenn auf der Autobahn
die Tage und Nächte verrauschen. Aber es bleibt so lange
hell; selten, Sommerabend, und warm ist
das Gras, in dem wir barfuß umhergehen, auf der Suche
nach einer Verkürzung des Schweigens. Es hat schon
am Morgen begonnen, und es hat sich verteilt
zwischen Waldrändern, Ufern, die wiederzusehen
alles andere als eine Wiedergutmachung, eher
eine zögernde Okkupation ist. Asche gewinnt
an Bedeutung, und zumeist geht es
gnadenlos zu, wenn man vorher versucht hat, Briefe

und Akten verschwinden zu lassen. Figuren
bewegen sich nicht; es sind Figuren auf Photos, die
plötzlich, ohne Recherche, aufgetaucht sind ... aber bitte,
wenn man sie braucht. Die alten Karten helfen
nur weiter, wenn man die Ränder des Schulwegs
sucht, der unter Plattenbauten verschwunden
ist. So bleibst du erstmal bis zum Herbst
unterwegs, auch wenn die Kolonne der Fragen länger
und länger wird. Einiges regelt sich von allein,
während die Brennesseln über den Gartenzaun
wachsen und abends die Straße leer wird.

Chronik

Der Himmel heute ist klar. Ein Wetter für
Bomberpiloten. Gleich brechen sie auf, oder erst morgen,
die Blüten des Rhododendron.

Die Wiesen sind trocken. Am Wiesenrand
stehen Männer und schauen hoch in die Luft, in der
sich der Bussard kreisend entfernt.

Dann macht sie das Fenster zu, die älter
werdende Frau, der unten im Hof der Geländewagen
gehört, mit Seekarten auf dem Beifahrersitz.

Hinter den Hügeln

Noch ein Sommer, der neues
Elend hereinholt, und von Glück
kann reden, dem unversehrt bleiben
die Äpfel. Irgendwo werden verteilt
Leute hinter den Hügeln; man riecht
nichts und läßt offen nachts
die oberen Reihen der Fenster.

Vorort, Sommer, Nachmittag

– so etwas von
einem silbernen Himmel, ganz
ohne Ankündigung und plötzlich
wie das langsam aufsteigende Flugzeug, das
über dem Kirschbaum die Wolkendecke
erreicht –
immer noch ist es schwül, und
der wach gewordene Mann im Liegestuhl
atmet schwer –

Fast etwas Vergessenes

1

ein Sommergeräusch; mitten durch
grüne Weizenfelder ziehn holländische Züge,
und der Himmel ab Mittag ist weiß.
Gleichgültig ist wieder alles, ist nichts;
der Name des nächsten Ortes reicht bis
zum Horizont, bis zum Zaun, wohinter
der rote Traktor hervorkommt

2

und ich erwähnte die gläserne Sauberkeit,
die selbständigen Sprachbezirke,
die augenscheinlich größeren Duldsamkeiten
jener Stadt am Ontario-See,
wo jeder Morgen im Hotel
mit einem Blick aus dem Fenster begann
auf landeinwärts fliegende Gänse,
aber eine Begegnung der falschen Vergleiche
ergab keinen weiteren Weg zwischen
getrennten Orten und Zeiten, und
die Wolken hüllten die Fluglinien ein

Kurz die Themsemündung

Kann sein, daß einer sich erinnerte; ein
Gespräch tagelang in Toronto. Landeinwärts waren Gänse
geflogen, hoch überm Hilton. Danach noch einige Blätter
mit Skizzen für einen Anbau, Museum, Hafengelände,
Scheune, und abends das Telefonbuch. Es kam wieder

anders, weil unerwartet Leute auftauchten, die
das Gespräch unterbrachen, irgend etwas über den Himmel,
der zwischen Photos mit *hellen Himmeln* ganz dunkel
ist. Aber es stimmte, es kam eine Stimmung auf,
die den Rhythmus der Serie unterbrach; darüber
wäre zu reden, bis zum nächsten Dissens über
den Anteil von *privater Betroffenheit*. Und wer
entscheidet? Die Bilder blieben bei sich; das erleuchtete
Fenster zog die ersten Falter an; es war eine milde Nacht

im März. Bislang ein verwirrend gespanntes Netz, das
alle die Sprünge aufnimmt und wieder zurückgibt, zurück
zum Gespräch in Toronto. Es ging auch da um
ein Photo, eine Flughafenszene, die man stehen ließ
bis zu den Nachrichten; im Hintergrund der Chauffeur,
im Hintergrund ein Stück Wüste. Dies alles rückt

näher, in die Nähe der Nadelhölzer, die längst
totgesagt sind, und heute schnitten wir frisches Gezweig
für ein Dorfjubiläum, ein Treffen
der mittleren Jahrgänge
kurz vor dem Ruhestand; weißhaarige
Jungenschaftsführer . . . du willst von den Herren nichts

wissen? Die Häuser für eine halbe Million; komm, halt
dich gerade; vielleicht kommen wir
auf die Angebote zurück, und wir produzieren, mit
Blick auf alle die Asylanten, etwas Brisantes,
eine spaßige Freizeitanlage, Grotten, ein Gebilde
aus riesiger Hoffnung. Abends bleibt man unter sich,
hält Distanz zu komplizierten Ländern, gibt
keine Gewohnheiten preis und telefoniert
mit Milano. Was steht auf der Rechnung? Kälte

breitet sich aus unter der Sonne, die für eine Weile
von Rauchwänden verdunkelt wird; das sieht
schon anders aus auf der nächsten Seite des Atlas. Man
kann den Pullover ausziehn; die ersten Krokusse
sind die gelben, und es sind
die meist gefährdeten. Natürlich weiß man im Hintergrund

mehr, als draußen mitgeteilt wird; nur kannst du nicht
sagen, wo der Hintergrund anfängt; da schiebt sich
eine Darstellung vor die andre; rasch ziehen
Satellitenfilme an den Abendgesichtern vorbei. Wie war

es beim nächsten Mal? Wir versuchten es wieder
mit selbstgedrehten Zigaretten, und es war anders, weil
wir Filter einlegten und Rücksicht nahmen auf alle
die kranken Nachbarn; es gab auch die Herren nicht mehr, die
nach dem Dinner sich trafen im Rauchsalon ... du weißt,
irgendwann hörten wir auf, Maikäfer in Zigarrenkistchen
zu sammeln. Nun hinkt die Rente hinter
den Bilderpreisen her; Germanistinnen schreiben
Textvorlagen für Telefonsex. Dann brennt der *Manta* aus,

und was bleibet, stiftet der Witz: ein Goldkettchen,
die aufheulende Friseuse. Forsythien

brechen im Rheinpark auf; lästig wird
die feste Beziehung; nicht mehr als zehn Minuten
Anmachzeit, dann ist das Halbfinale dran, die *Haie*
kurven im Eisstadion. O Vater, o Hirte, was macht
ihr mit Brauereien, Filialen, Bilanzen; vernehmt ihr
denn nicht das laufende Knacken im Radio,
im Speicher, in der Südkurve, im Geäst ... im Stau

nun wieder der Flughafenbus; wir schaffen es schon
bis nach Palermo etcetera; Sciroccosand rieselt
herab von den Kiefern der Wahner Heide. Noch
ein paar Kurven und Pappelreihen, Drehorte
nachmittags, ein paar Mal geht die Sonne
in der Vorabend-Serie unter. Was gibt es vom Krieg,
und ich wiederhole die Frage: von welchem ... nun ja,
die Gegend marode, wir schauen aus
nach Obdachlosen, Laubenpieper sind willkommen, mit
Spaten und Hacken über den Schultern. Vielleicht

eine variierte Erfahrung, die im Bücherregal noch
keinen Platz hat; weitermachen, als gebe es nicht
den endlosen Keller mit Dokumenten. Zuviele Flächen
sind wieder leer, und davon werden Kopien gezogen, die
gleich in den Handel kommen und noch einmal beweisen, daß
alle die ratzekahlen Wälder in Blüte stehn. Vorgestern
sah ich das erste Grün in den Büschen auf Böschungen längs
der Autobahn ... na bitte; aber du fragst, wieso
ich die halbe Nacht im Badezimmer hänge und
huste; wir schweifen schon wieder ab. In Mecklenburg wird

ausgebuht ein Minister, und E. schreibt, *hier ist es*
Mist. Man nimmt schon nicht mehr das Wunder wahr, daß man
Minister ausbuhen kann. Hier zwischen Meßtischblättern
krabbelt der alte Marienkäfer; gut durch den Winter gekommen,
Freund in der Nacht. Werden wir die Umgebungen
wechseln? Die Luft ist jetzt dunkel
zwischen Themsemündung und Tollense-See; es kommt
auf den nächsten Versuch an, in der Gleichzeitigkeit
spazieren zu gehen, zu zelten, Faltboot
zu fahren; durchs Zimmer weht eine Brise in dieser
windstillen Stunde. Die Zeitung raschelt erst

dann, wenn das Illegale vollzogen und der Genosse
am Tisch der Komplizen sitzt; oder was hat ein Geräusch
in der Luft mit Tickets zu tun, die der Geheimdienst
bei der Humanität gebucht hat? Die Uniform
verschwand im Kamin; weiße Hemden, Pullover, hatten wir
alle im Schrank, und an den roten Röcken
der Mädchen fiel nur das helle Segment eines Kreises
auf. Panzer und Panzerjäger, dann Jeeps
in den Kurven, ehe die Panjewägelchen kamen auf Straßen
vorbei an Gärten, Brunnenkresse und Blumenkohlfeldern,
die unter den Rampen der Utopie und Leuchtstoffröhren
verlagert sind; Weiterfahrt zum Textentwurf
des Terrors, der mit Buchstaben umging wie mit
Draht, Hunden, Baracken, bis als Erster
unter den Sekretären einer anfing zu laufen fürs Training
der Abschreibung, der Abwicklung, des Abschieds; auf
geht's in den neuen Job hinab, hinab in den Dunst,
der auf den Waschmaschinen das Baujahr ein bißchen
undeutlich macht. Staub in den Hallen, aus denen

die alten Parolen entfernt sind; in der Ferne leuchten
Hilfsprogramme auf, glitzernd wie eine Fata Morgana, auch
wenn man die Rechtsgrundlagen verändert. Neues

ist anderswo schon verjährt; hier sucht man nach Münzen
zum Telefonieren, dort steckt man Cards in den Schlitz;
Kabel verenden im Acker. Wir berichten nach Maßgabe
dessen, was der Regen an Spuren übrig läßt; aber
es regnet wenig, und die Leute bewegen sich nicht; sie
treten nicht einmal aus ihren Schatten hervor. Immer
konstante Beleuchtung. Die Bühne voll von
Containern. Zum Bahnhof zurück, und wenn man
Glück hat, steht abfahrbereit ein Personenzug. Sinnlos
die Platzreservierung; man spürt die Gewinne
an Freiheit, auch wenn man drauf wartet, daß alles
kommandomäßig geregelt wird. Los, laß los
die Bremse ... all das Gerede kommt aus
ohne Metaphysik. Man braucht direkt
einen Anschluß, der auch die Eigentumsfrage
regelt, das Recht auf Gedächtnis, aus dem sich
der Grenzstein nicht fortbewegt hat. Unten im Haus

läuft ein Film, in dem dein Schicksal
vom Reisepaß abhängt; Wind kommt durchs
offene Fenster und blättert in Seiten, die
bebildert mit Belgischen Seebädern sind. Zurück
aus den Kolonien; Dutzende von Cafés; in jedem
unterhielt das Exil ein Büro. Noch ein Pernod;
irgendwoher kam immer Geld; wir fingen an

mit Dreißig Mark für ein Gedicht, für
eine *existentielle Entscheidung*, die alles mitzog,
Teebeutel, Löcher im Teerdach, Radieschen im Regen
in einer Vorstadt, die nur im April einmal
glitzert, wenn die Eisdiele aufmacht. Ein

Fahrradweg quer durch die Krise, die
in ein Kaninchenloch führte, auf einen Hochhaus-Balkon,
in den schmalen Schatten der Calla, oder seh' ich das
falsch ... hör' doch mal zu; ich meine, zu schnell
diese Statements und Interviews ... *eh, ich bin schon*
so lang im Geschäft ... im Keilflug ziehen die Reiher
über den Funkturm. Die Leere entsteht mitten

im Sprechen, und dagegen kann man nichts tun
als rasch herauszufiltern die Nachricht vom Hasen, der
hin und her übers Flugfeld läuft. Abends der Qualm

bringt Wärme mit, und die japanische Quitte
wacht auf. Die Galerie war noch offen, als ich vorbeikam;
die riesigen Tulpen brachten ein Leuchten zwischen
die weißen Möglichkeiten der Architektur; erst
als die Schatten zurückgingen, entfernten sich auch
vor den Fenstern die Körper. Berufsverkehr rauschte
hinter der schwarzen Couch auf; es gab

zu dieser Zeit keine neuen Tendenzen, keine Beschlüsse,
Gerüchte; ich hörte zu spät auch das Telefon, draußen
zwischen den Fichten. Verlängerungen, Fortsetzungen
aus Gewohnheit, auch das verliert seinen Sinn
in dieser Phase des Wartens; das Dickicht läßt man stehn

und schaut nach freien Parkflächen aus, wo man
nicht gleich in Grundsatzdebatten verwickelt wird. Hier

ist was zu tun; Fäulnis im Fachwerk, Reste
der Backsteingeschichte; Denkmalschutz machen wir besser
selber, und der absterbende Apfelbaum behält
seine Chance. Daß wir wissen, wie oft schon benutzt diese
Werkzeuge sind, hindert uns nicht, sie weiterhin zu benutzen,
den Hammer für krumme Nägel, den Bleistift
für eine Variation. Mehr Beispiele für den Bestand

einer Armut, die man verteilen kann mitten im Vielerlei
der Produkte und Wachstumsraten, und was an
Gebrauchsanweisungen dazukommt, an Kommentar,
an Übersetzung. Und Mögliches an Dilemma, denn
das Morgenrot ändert sich nicht nach der Art , wie
man es dienstags und freitags und regelmäßig am Sonntag
in wechselnden Stimmungslagen zu malen

versucht. Die Nähe der Englischen Gärten entsteht
erst wieder in der nächsten Folge des Tagtraums, und
du blickst dabei, kurz vor der Parkhaus-Schranke, in
den Rückspiegel des alten Roadsters. Aber das gilt
bis zu diesen Tagen: wir studieren genau den Entwurf
eines Gartentors von Sidney E. Castle, und wir suchen
die Schiffslinien ab, den See-Weg in die Kolonien,
die Herkunft wetterfester Hölzer ... Entdeckungen
in einem Januar, der auf Wiesenflächen vor den Fenstern,
zwischen Hecken und Zäunen begann, mit einem Zuwachs
an Früher, das sich fortwährend mit Sprachen,
Flugzeugen, Marmeladengläsern, Postkarten, Landkarten,

Orgeln, Eichen, Kathedralen, Rühreiern und Buslinien
einläßt; und es ging ja auch um die Versäumnisse

der Erziehung, um ein frühes Verlöbnis
und die Folgen der Wahl
zwischen Kartoffeläckern und Möbelfabrik, zwischen
Schauspielerei und katholischer Unterweisung, um
Abtrennungen der Öde, der Wollstrümpfe, der Dankeschöns
und Taschengelder, Fleißbeweise ... ums Durchhalten
mitten im Niesanfall geht es, um die Geduld, wenn
die eine Liebe die andere umbringt, jedenfalls
es versucht, denn so viel ist gelaufen

nebeneinanderher. Dann stehen Züge abfahrbereit;
der eine Bahnsteig die Ferien, Ostsee, der andere abgesperrt,
leer, ein Güterzug voller Leute, die man nicht sieht. Vielleicht
hat jemand nach Wasser gerufen. Sommer auf Rügen;
Birkenwäldchen hinter den Rampen. Hörtest du
Stimmen ... wohin schautest du ... die Züge, in denen ich saß,
kamen immer irgendwo an, wo
nichts weiter passierte. Ruhige Nächte. Sonntags

auf weißen Möbeln im Garten; erst jetzt hörten wir
von Baracken zwischen den Kiefern gleich drüben, hinter
der Sägemühle. Nur wenn du zielbewußt unterwegs bist
in einer Gegend, die von den Suchgeräten der Phantasie
entdeckt worden ist, machst du kaputt
die Geräte ... bloß ein Wort: Gerät; für was, für wen
und seit wann ... eine unaufhörliche Lieferung,
deren ersten Terminschub keiner so richtig
bemerkt hat. Irgendwann plötzlich hing aus

allen Ohren ein Kabel, ein Schnürchen, das bald
den ersten Auffahrunfall hervorrief. Azaleen

blühten über den Rändern der Kiesgruben auf, und
wenn du jetzt hinschaust, wächst übers Reißbrett
eine liebliche Landschaft. Landzungen, auf denen
die Reiher sitzen; sie sitzen lange
im Absperr-Gebiet, in dem auch die Jahreszeiten
mit ihren *authentischen* Mustern und Farben
zu haben sind. Register am Zaunpfahl, oder wer
weiß Bescheid gleich nebenan an der Endhaltestelle?
Würzelchen graben wir aus, graben wir ein
auf den Hügeln der Tiefgarage, die gestern die Kulisse
in einer Tatort-Folge war. Dann wieder alles

besetzt, weder Putbus noch Zella-Mehlis; draußen
sägte ich Sturmschäden ab, und ich erschlug
mit dem Turnschuh eine riesige, die erste Wespe
im Frühjahr. Laß alles liegen. Fang an. Die Äpfel
im Keller landen nun aufm Kompost. Im Tagebuch
nimmt ein Bereitsein zu, bald den Abschied
zu nehmen. Die Buchhändlerin zeigt und dann schenkt sie
mir die neue Wanderkarte von Rügen, und
das Gespräch geht im Konjunktiv weiter. Die Abende

werden länger, verlängern sich in das Gedankenspiel
mit den hell ziehenden Wolken, ohne gleich
Kongruenzen zu suchen, Richtungen zu definieren.
Einige Einschüsse später sind der Beweis, was
der Herbst der Theorie noch immer fähig ist zu tun,
auch wenn keiner mehr dabei gewesen sein will

oder das Altern Gesichter unkenntlich macht. Noch viele
Wörter, die falsche Namen auf Briefkästen sind, und
die Zettel im Frühbeet korrespondieren mit
leeren Patronenhülsen. War diese Mulde
ein Widerstandsnest? Naturschützer zogen den Draht
rund ums Gewässer, und dagegen kommst du nicht
an ... nachmittags, die Gegend ist leer,
die Frauen sind kegeln gegangen. Dämmerung

zieht durch das Zimmer, das man leer gemacht hat,
um mit der Wildnis zu kommunizieren ... oder
legt man auch hier irgendein Ziel frei? Frag
den Schreiner, der im Hof unten wartet, mit Brettern
für ein neues Regal; nur der Elektriker läßt
auf sich warten. Kein Tag, den man nicht

in einem Tagebuch unterbringen kann, aber man braucht
Agenturen und ein paar Photos ... nehmen wir die
mit den Mülltonnen in der schäbigsten Straße
von Brooklyn. Die Andeutung ist zu leise; komm
näher ans Mikro; die Stunde, in der das Vergessen
befragt wird, ist gleich vorbei. Andere Stimmen
zwischen Stratford und Valladolid, und gleichzeitig steht
der Tod vor zwei Türen. Wer öffnet, du oder alle
die andern, von denen die meisten gerade telefonieren;
immerhin sind sie zu Hause; der Rest
rupft Kräuter in der Toscana ... noch nehmen

die Möglichkeiten zu, auch wenn immer ähnlicher wird
der eine Ölteppich dem nächsten. Aber
darum ging es nicht bei diesem Gespräch, das damals

am Rand eines Reservats, im Gischt der Wasserfälle,
beim Frühstück im Hilton ein paar Grenzverläufe,
die inzwischen gelöscht sind, verwischte; es ging
um Gemeinsamkeiten, mit denen ich jetzt alleine
beauftragt bin zurande zu kommen ... wie geht das,
wenn beides tot ist, der Anschluß nach Belgrad
und der nach Mailand ... es fällt dir ja auf, wenn
in der fliegenden Kette der Gänse die eine, die andere
fehlt. Weitergehen, die Blicke gesenkt; die jetzt
unterwegs sind fangen an mit denselben Fehlern ...

In memoriam Vasko Popa und Antonio Porta

Gedicht mit Wörtern
aus dem *Interview mit Sisyphos* von Albrecht Fabri

Ende des Interviews ... Sisyphos ist
verschwunden. Bis die Dämmerung kommt, krächzt
draußen im Geäst der Rabe, eine schwarze Komposition,
die man entwerfen und nachvollziehen kann
wie Schritte einer Rechenaufgabe. War dies

ein Geheimnis oder der Hinweis
auf eins der Verstecke, die das Schweigen benutzt?
Am Horizont zeigt sich wenig, je länger man
aus dem Fenster schaut. Man erwartet ja noch
so etwas wie eine Erscheinung, ein Rauchzeichen wie früher
vielleicht, das Entstehen einer Schrift, eines Bildes
am unteren Wolkenrand. Oder alles ein Schwindel, ein
mythologischer Schnapsfleck auf dem weißen, unbeschriebenen
Papier ... man schaut aber nach, wenn

der Briefkasten klappert: mal wieder ein Gruß
aus dem Jammertal, eine Ansichtskarte aus eisigen Höhen;
Rehe und Palmen gibt es ja nicht. Geräusche
von nebenan, Musikfetzen, aber die Wirklichkeit
wird simuliert im schalltoten Raum, ganz gleich,
wer den Sommer mag und wer nicht. Überraschendes
geschieht selten, weshalb man reden, erzählen
kann, mit dem Rücken gelehnt
an eine Bibliothek, in der neben Wörterbüchern

Kochbücher stehen. Nur wird nichts fertig; soviel
im Gedächtnis gespeichert ist, die Leinwand, die Seite
ist anderntags leer, auch wenn du zitierst und
die Nebelfront weiß wie chinesische Trauer ist.
Einladungen, Rückseiten, die Ränder einer Grammatik,
man kritzelt um den Abgrund herum, quer
über den Rücken der Öde und an den Gesichtern
der Wüste vorbei ... ein tägliches Suchen, das man

irgendwann abbrechen kann, weil alles schon da,
gesagt und getan ist. Nur macht die Unruhe
weiter mit einem Geräusch, das durch die Zimmer,
die Wände geht, ein Geschiebe von unverständlichen Lauten
und Stimmen; man kriegt nichts zu sehen, aber
etwas ist da, das sich bewegt, weiter und

weiter durch das Innere einer Landschaft, die
halb vergessen und teils noch nicht entdeckt
ist. Ein Schatten, ein Echo ... taucht Sisyphos nun
wieder auf? Dunst und dichter Verkehr, und
das Telefon geht ... ein Seufzen, Gemurmel, zögernd
ein Zusammenhang, stoßweise sprechend und wie von weit her.

Stadt, die man zu kennen glaubt auf einer Collage von Rango Bohne

Eine Treppe: hat es dich interessiert, wohin und wie
es weitergeht ... zwei Fenterrahmen stehen im Weg, und
sie sind wichig für die ganze Komposition.
In einer Stadt, die man zu kennen glaubt, jedenfalls
hast du ein Abbild benutzt. Nur wäre der Name

Erinnerung an eine Geschichte, die von der Mitte
erzählt, der Einrichtung, die nach allen Seiten
zerfließt. Im Hintergrund Fassaden, die vielleicht
nur aufgeklebt sind, geklebt auf ein Inneres,
das wiederum Kulisse für ein Selbstgespräch
war ... wir vermuten; wir stellen das Radio ab
und mustern die senkrechte Reihe der Fenster,
von unten nach oben, wo eine leere, graue Fläche
beginnt. Die nächste Frage, und jetzt ist
welche Reihenfolge dran ... das geht immer
schneller, auch wenn die Treppe die Treppe bleibt.

Also von vorn. Die Fensterrahmen stehen herum,
und wenn nichts passiert, es gibt einen Vorrat
an Simulationen. Ohne Auftrag handeln wir
nicht, und dann muß noch Zeit bleiben, lange genug,
auf der Treppe, auf einer Treppenstufe zu stehen.

Herbstgeschichte

Eine Zeichnung, oder auch nur Gekritzel ... ich hatte
versucht, dem alten, sich senkenden Birnbaum
einen Halt zu geben. Aber die Stütze aus
Bleistiftstrichen mißlang. Nun regiert hier, seit
ein paar Tagen, der Nebel, der es heute
fertiggebracht hat, daß man gar nichts mehr
sieht. So geht das all diese Jahre,
Strukturen, Fröste, Eulenflug, Kriege im September.

Dressels Garten

Du kannst sicher sein: eine Ansichtskarte genügt nicht,
den Hintergrund des Bildes zu entwirren, für einen Besucher
vielleicht, der außerhalb des Treppenhauses
nach ein paar Motiven schaut. Noch ist es ja auch
kein abgeschlossener Vorgang (und niemand, der das Grün
von unreifen Äpfeln belichtete, arbeitet in der Nähe),
sondern ein kurzes Wegstück zurück, unterwegs
im Erfurter Süden. Nur, wie geht es weiter? Offen

steht eine Haustür, und Sonnenlicht liegt
auf den Kacheln, den Stufen hinauf ins Verdunkelte
des Flurs. Der Besucher bewegt sich, der Blickwinkel
nicht; er liegt fest seit
einem halben Jahrhundert (seit einer Stunde
regnet es nicht, und als ich hinausging, nach dir
zu schauen, zogst du im Garten die Wasserfäden
auseinander, unwillig, weil ich Unzusammenhängendes
fragte und plötzlich so schrie, daß ich selber
erschrak und mich einzog wie eine vom Turnschuh
berührte Schnecke; dann mußte ich wieder ans Telefon
zurück). Verändert hat sich sonst alles, vielleicht
nicht die Fensterbank, auf der ein Hund sitzt ... aber
der Hund liegt, in dieser endlosen Reihe
verlorener Lebewesen, längst im Karton da unten
unter Dressels Zaun mit seinen lose hängenden Latten ... :
erst ein Konzept, dann eine Installation
für den einen, den nächsten, den letzten Fluchtversuch. Aber

wohin dann? Der Gast in der Ecke des Restaurants
schaut hinaus auf die Straße. Der Oktober hat
warm angefangen, und im Sonnenlicht taucht auf
die Linie 3. Die Nähte im Fahnentuch sind noch
zu erkennen, aber was macht es, die Frauen alle
in neuen Kleidern. Mager stehn auf dem Schulhof
ein paar Flakhelferreste und fragen, wo
die Vokabelhefte sind. Immer noch in der Turnhalle
Stroh, und es riecht nach Parfum,
wo die geschminkten Mädchen aus dem Rheinland lagen. Fahrräder

westwärts; es sind ein paar Feldwege
zwischen den Grenzdörfern offen; erst später kommen sie
auf diesen Straßenkarten nicht mehr vor, und
so ging weiter die Fälschung des Landes. Aber da
kommt die Reihe der Zwetschgenbäume zum Vorschein,
die Böschung unter den Gärten, und ein Junge zieht
einen Leiterwagen voll Holz (nie hörst du auf
zu erklären, warum du den Lattenrest, das Stück Rahmen,
den abgebrochenen Ast nicht mit in den Container
wirfst ... ja gut, ich sage schon nichts mehr). Die Zwetschgen
klein und sauer, und Fenster werden zugemacht, wenn
der Besucher stehen geblieben ist und herumschaut. Leer,
fast leer sind die Straßen, in denen der Wind hängen
läßt die Gerüche zwischen den Fassaden. Abgeschwächter
Elan; jeder kann was erzählen, aber jeder
zuckt auch die Achseln, wenn nochmals nachgefragt
wird. Jedenfalls alle die Namen parat, auch wenn

die Namensschilder abmontiert sind? Nachts, nicht
verzeichnet im Fahrplan, standen am Ende

des Bahnsteigs verdunkelte Züge, und wenn die Dämmerung
kam, rollten sie langsam nach Osten, nach Norden;
dann blinkten auch die Taschenlampen ab. Zwischendurch

Winter; auf Schlittschuhen zur Schule, nach Langemarck,
ins Skagerrak, durch Sternennächte zum Morgenrot; Getrommel
von der Ostsee, das Echo aus den Alpen. Große, dann
kleiner werdende Geographie, die den Laden
an der Ecke, Gartenlauben, die Eremitage für ein paar Monate
in Ruhe ließ. Der Gast, er wollte längst zahlen, aber

der Kellner, zuständig nur bis zum Nebentisch. Bis wohin
fährt jetzt die Linie 3? *Vom hellen Strand der Saale*
kamen die ersten Ansichtskarten; die Stellung
um Leuna herum. Xenophon in grün gestrichenen Baracken,
halt ja den Laden zusammen daheim: »Senftleben
im Tor, halbrechts Winne Herz«; ansonsten leeres Theater
die *Mitteldeutsche Kampfbahn*, in der Gespenster
die Runden zogen und Ilse Werner Foxtrotts pfiff
im Lautsprecher über der Eisbahn. Eckbälle gingen
hinter den Disteln ins Nichts; von irgendwoher tauchten
Frauen mit Kopftüchern auf, wenn hinter
einer der Kurven der Kartoffelsack vom Anhänger
fiel und der Streifendienst eine Schubkarre

anhielt (aber es fehlt noch die Zeit, die Einzelheiten
herauszulösen und Zusammenhänge zu finden, in denen
jeder Einzelne wieder eine Stimme hat. Die Gespräche
fangen erst an, wenn wir uns einig sind
über diese und jene Bedeutung). Der Gast hat
endlich hinausgefunden auf eine Straße, die

so oft den Namen gewechselt hat wie jedes System
seine Zigarettenmarken und Medaillen. Im Dunkeln
der Bahnhof... was heißt hier *Verdunkelung*? Wir
gingen hier früher ins Bett, und wir froren auch
nicht mehr zwischen den warmen Ziegeln
des Friedens; damals der Winter war nur der Anfang

der kommenden, angstvollen Pelzmützenzeit. Falsch oder
richtig erzählt ... es kommt eben keiner so fließend
zurande, auch wenn man sein eignes Kapitel mitschrieb
in der Geschichte des Irrtums, der wiederum unkenntlich
blieb zwischen all diesen Fahnen, Parolen, unterm
Rauch der Rhetorik, der irgendwann fortschwebte
westwärts, wo *gemeint ward*, es glänze erst hier
und erst jetzt der Hoffnungshimmel auf. Wie
war das Wetter am Nachmittag der Verhaftung, als
die Rote Armee auf einem beschlagnahmten Fahrrad
den Bollerwagen umkreiste? Zurück kamen
ein paar Emigranten, deren Namen keiner mehr
kannte, und wer nicht mitmachen wollte, verschwand

einfach; es war ein Herbst, in dem wir abends
heimgingen mit Körben voller Tomaten. Da siehst du
es wieder, ein Mischmasch der Motive, die im Keller
nicht zu entziffern sind, wenn die Taschenlampe
über die Etiketten der Einmachgläser streift. Einiges
eben zu spät (eben zu jung, diese Großväter
in der Toscana, die irgendwann zurückgekehrt sind
mit kurzgeschnittenem Haar; es paßten auch
nicht mehr Pullover und Jeans), wenn nämlich
notfalls im Recht die Wirklichkeit bleibt, aber
darauf mußte erst einer kommen ... Zu dunkel

der Korridor, in dem der Besucher steht, der immer nur
träumte, in den Jahrzehnten vor diesem Oktober, er sei
wieder da im Treppenhaus seiner Kindheit. Vielleicht
auch, daß er Genaues nicht sehen will, die Buchstaben
von Namen, die fremd sind, die morschen Bretter
am Ende des Hofs; vielleicht liegen noch hinterm Zaun
ein paar von den alten Gewehren in Dressels Garten. Zuletzt
saß auf der Treppe ein Posten und rauchte, oder
war es der unrasierte Flüchtling, Rose und
Ruth, das erschossene Mädchen ... es ging

viel zu schnell, dann zu langsam, und als der Geruch
des leichten Benzins verweht war, folgte bald nach
der Geruch von Steppe und Stroh. Kein Wort verlangt
ein Möbelstück, einen Koffer zurück; zu viele Listen sind
unterwegs, auf denen das eine Recht angeht gegen
das andre. Zuletzt, wenn mit Jahreszeiten gerechnet wird,
bleiben einige Herbsttage offen: verlängerte Schatten
zwischen rissigen alten Apfelbäumen; eine Straßenbahn
wirbelt das Laub auf, und das Geröll der Kastanien
bedeckt den Eingang des Stadions. Das bleibt, wie es gewesen
sein könnte, und du kannst sicher sein, daß die Hagebutten
im Hohlweg du wirklich berührt hast, kurz
vor der Dämmerung, als sie anfingen alle zu leuchten.

Timing

Im Westen der Himmel wird schwarz.
Noch immer in den Himbeeren.
Beeil dich.

Laß dir Zeit.
Aber verschwinde nicht, zwischen den Sträuchern.
Im Westen der Himmel wird weiß.

Eine verbrauchte Maschine

Ölverluste, rostige Flanken; noch
fährt sie voll durch
jede Schicht. Das leise Keuchen
ist nur eine Gewohnheit, mit der sie
mitteilt: es gibt keinen Grund für
Beunruhigung. Problemfälle
übergeht sie mit ihrer Routine, und
überhaupt, alles Erfahrung. Gelernt
hat sie, daß eine Maschine nicht
klagt und keinen Anlaß zur Klage
gibt. Schwerer zurecht kommt sie
mit neuen Produkten; da wird es
ernst, was soll man machen. Schon
wieder tritt Öl aus, und neuerdings
gibt es ein ungewohntes Geräusch.
Die Maschine weiß, daß sie
gut ist, und sie weiß,
sie kann sich selber nicht helfen.

Oderbruch

Die Kamera kaputt? Eine Kälte ist das, und
Krähen, größer als Krähen gewöhnlich sind, streichen
vereinzelt, flach drüben über die Felder.

Nichts drüben. Dämmerung. Gelb graue Dämmerung
breitet sich aus. Ein Baum in Polen ist
drüben der kahle verlorene Baum.

Leuchtend und leer fährt ein Bus übern Damm.
Am Ufer zwei Männer, mit dem Rücken
zum Damm, der weder anfängt noch aufhört.

Du hörst nichts. Du hörst das Geschiebe
der Schollen, der kreisenden Schollen. Du hörst
es lange noch, später, im Dunkel das treibende Eis.

Kaputt die Kamera, oder warum sind jetzt die Bilder
verwischt? Zwei Männer standen am Ufer. Sie
kamen zurück. Sie könnten erzählen.

Eine vorläufige Topographie

An der Weichsel, vor dem Kriege. Nun siehst du
genau, wo wir
hätten weitergehen können, auf dem Weg
übern Damm, der das Nichts des Flußsilbers
trennte von Dingen, die nichts als Schatten
bildeten im Wechsel des Lichts.

Die unbewegte Architektur der Wolken: es ist
dieser Augenblick, der über Jahrzehnte sich hinzieht
und angenommen hat die Farbe von Zeitungspapier.

In der Ferne im Dunkeln zwei Häuser.
Obwohl es ganz hell ist.

Ob Seelen hier wandern ... jedenfalls, fern
auf dem Damm, sind unterwegs zwei Menschen,
die sich abheben vom Horizont, mitten
in dieser Vergangenheit.

Aber die Baumreihen setzen sich fort, bis
sie verschwinden in einer Linie, die zurückkehrt
auf der anderen Seite des Flusses.

Die Frage, ob so oder ähnlich Konflikte anfingen.

Bei Nacht, und nicht nur nachts, im Konjunktiv.

... als käme einem die Böschung entgegen. Dann
ist es klar, daß du nichts steuern kannst
an der Geschichte. Ein Weitergehen, allenfalls
eine ganz private Bewegung, die unentschieden bleibt
zwischen Heimkehr und längerer Abwesenheit. Diese Jahre,
sagt man, haben Spuren der Bitterkeit hinterlassen.

Aber die Landschaft ist ziemlich still.
Unsichtbar bleibt die Zerstörung, falls es
Zerstörung gibt.

Und vorbei ist die Zeit, die
die folgende, die folgende Zeit hervorgebracht hat.

Nur erzählst du vom Jetzt nichts.

Wahrscheinlich im Sommer. Zu jeder Jahreszeit
erinnert man sich. Zaunpfähle folgen den Pfaden,
oder umgekehrt, überall zugehörig
der Landschaft ... wem gehört sie? Die Landschaft
setzt Landschaften fort, die sichtbaren bis
zu den unsichtbaren, die auf uns warten.

Eine vorläufige Topographie.
Du kannst sie verwischen. Du kannst sie
verändern, bis eine Serie entsteht, bis wir erreichen
die Ufer der Wiederholung

Inhalt

Jürgen Beckers Bücher im Suhrkamp Verlag

Felder. Prosa
edition suhrkamp 61. 1964
Bibliothek Suhrkamp 978. 1988

Ränder. Prosa. 1968
edition suhrkamp 351. 1969

Bilder. Häuser. Hausfreunde
3 Hörspiele. 1969

Umgebungen. Prosa. 1970
edition suhrkamp 722. 1974

Eine Zeit ohne Wörter. Photos
suhrkamp taschenbuch 20. 1971

Das Ende der Landschaftsmalerei. Gedichte. 1974

Erzähl mir nichts vom Krieg. Gedichte. 1977

In der verbleibenden Zeit. Gedichte. 1979

Erzählen bis Ostende. Prosa. 1981
Bibliothek Suhrkamp 842. 1984

Gedichte 1965-1980
suhrkamp taschenbuch 690. 1981

Fenster und Stimmen
Bilder von Rango Bohne
Gedichte von Jürgen Becker. 1982

Die Abwesenden. Drei Hörspiele
suhrkamp taschenbuch 882. 1983

Die Türe zum Meer. Prosa. 1983

Felder. Ränder. Umgebungen. 1983

Odenthals Küste. Gedichte. 1986

Das Gedicht von der wiedervereinigten Landschaft. 1988

Frauen mit dem Rücken zum Betrachter
Bilder von Rango Bohne
Stimmen von Jürgen Becker. 1989

Das englische Fenster. Gedichte. 1990

Beispielsweise am Wannsee. Gedichte
Bibliothek Suhrkamp 1112. 1992

Foxtrott im Erfurter Stadion. Gedichte. 1993

Über Jürgen Becker
Herausgegeben von Leo Kreutzer
edition suhrkamp 552. 1972